Toute petite fille
des dragons

© 2021 Ph. Aubert de Molay/Hispaniola Littératures

Éditeur : BoD-Books on Demand
12-14 rond-point des Champs-Élysées, 75008 Paris
Impression : Books on Demand, Norderstedt, Allemagne

Chargée d'édition HL : Rose Evans

Collection 1 nouvelle

Photographie : Morgane Aubielle

ISBN : 978-2-3221-7406-5
Dépôt légal : Mai 2021

Toute petite fille des dragons
nouvelle
Philippe Aubert de Molay

HISPANIOLA LITTERATURES

Collection 1 nouvelle

Je sais que les dragons sont éteints depuis des milliers d'années mais est-ce qu'ils le savent, eux ?
Terry Pratchett, ***Les annales du disque-monde***
(tome 8 *Au guet !)*

TOUTE PETITE FILLE DES DRAGONS

Ce que je peux dire, c'est qu'elle concentre d'une façon radicale tout ce que j'aime chez un être humain. Liste : elle adore la nourriture, faire la sieste, voir du pays. Elle frémit aux histoires de dragons. Tous les romans, les films de dragons : elle connaît par cœur. Avec une certitude scientifique, elle croit à des choses irrationnelles. Un beau jour, des archéologues découvriront les ossements d'un dragon. Quelque part sur une île perdue de l'archipel des Dahlak en mer Rouge, dans les solitudes glacées de la vallée des Dix Mille Fumées au sud-ouest de l'Alaska ou bien derrière le cabanon à outils du jardin des voisins. Elle est une dormeuse qui adore se lever tôt. On se promène des heures dans les forêts calmes, on aime entendre nos pas bruiter sur les feuilles d'automne, on croise parfois des chamois aux yeux d'une bouleversante intelligence. Elle aime le Mont-Saint-Michel, la pluie sur les volets, les midis d'été lorsque les cailloux cuisent sur le bord des routes, les agitées petites rivières de montagne pour la pêche à la mouche (son oncle JP lui a montré cet art magique).

Elle se passionne pour les maisons hantées (histoire de se serrer contre moi), savoure le vin frais du mois d'août, l'huile d'olives sur une tartine de pain de campagne, les mandarines (voilà sa couleur préférée). Elle idolâtre les films de zombies, visite les vieilles chapelles avec des fresques médiévales, prépare le jus de fruit du matin (goyave si possible), ce genre de trucs. Elle a le culte du bien manger. S'asseoir dans un joli endroit, « étudier » la carte et écarquiller les yeux de plaisir lorsque les assiettes arrivent. Moi, j'aime surtout être à ses côtés.

Elle se demande ce que veulent au juste les gens. L'amour ? Peut-être. Plus sûrement la sécurité, l'absence de questions, une maison où rentrer déverser ses agacements de la journée dans des oreilles patientes. Elle dit que c'est surtout au cinéma ou dans les romans qu'il y de l'amour fou. Ailleurs, c'est plus rare. Elle pense que les gens rêvent constamment de vivre de telles choses mais qu'ils préfèrent, au fond, la sécurité, l'absence de questions, une maison où rentrer déverser ses agacements de la journée, etc. Parce que l'amour fou, en réalité, fait terriblement peur. On ne sait pas quoi faire avec. Elle dit que le mieux, c'est banalement de se contenter de vivre *l'instant*. Un instant pour toujours, un matin après l'autre. Car, d'après elle, les gens font des promesses lorsque c'est le moment, ne les tiennent pas lorsque c'est le moment, croient dur comme fer à telle idée lorsque c'est le moment, assurent l'exact contraire lorsque c'est le moment et ainsi de suite d'ainsi de suite. À ses yeux, seule une honnête mousse au chocolat ne triche pas. Seul un verre de Porto ou de Savagnin partagé avec des amis peut nous prouver que la vie sait faire des merveilles. Vivre quand c'est le moment, mourir quand c'est le moment. Lever son verre quand c'est le moment. Elle dit que dans ce monde effrayant, il reste des refuges : les bibliothèques et les librairies, les musées et les théâtres, les forêts, les <u>vrais </u>restaurants. Ceux où l'on prépare <u>vraiment </u>les plats (pas ceux où l'on réchauffe des plats industriels à moitié tout prêts). Ceux où l'on se parle devant un poisson grillé au poivron doux d'Algérie suivi d'une honorable part de tarte aux kiwis ou aux prunes sur un lit de poudre d'amande. Elle n'aime pas les gens qui défendent âprement leurs privilèges en prétendant d'un air convaincu que c'est pour le bien des autres, qu'il n'existe pas d'autre voie. Elle ne vote pas, du coup. Elle pique des colères contre ceci ou cela, n'a aucune solution de rechange pour tel ou tel problème (c'est ce qu'on lui reproche) et se verrait bien ailleurs, vivre autrement, mais sans savoir où ni comment. En fait, elle se sent impuissante. Je la soupçonne d'être une idéaliste un peu paumée. Je la console de mon mieux. Je suis toujours là au bon moment. Je vois bien qu'elle doute de la réalité de la réalité. Et estime la plupart des idées et intuitions aussi tangibles que le réel. Il ne faut pas que j'oublie de préciser qu'elle est astrophysicienne. Une scientifique de première catégorie croyez-moi.

On lui doit l'invention d'un langage pour communiquer avec les possibles aliens. Une trentaine de personnes l'utilisent sur terre, ce dialecte. Surtout ses amis pour parler du menu du prochain samedi soir. Elle répète souvent que certains chercheurs estiment qu'un long dépistage spectral d'un signal faible de fréquence inconnue est difficile. Mais qu'il existe, dans les régions stellaires les plus favorisées par la radio-émission, une étonnante fréquence type unique et objective qui doit être immanquablement connue de tout observateur de l'univers : c'est la raie saillante de radio-émission à 1420 ou 1960 Mc. /sec de l'hydrogène neutre. Hochant la tête, je suis d'accord, je ne la contrarie pas. Il paraît qu'un spécialiste en sciences planétaires à l'Institut Max-Planck à Göttingen (Allemagne) a reçu ces temps derniers un *message* en provenance d'une planète localisée dans la zone de l'étoile Aldhibah – ou Nodus Primus (ζ Dra) c'est la même – depuis la constellation du Dragon. Cette étoile Aldhibah de magnitude apparente 3,17 correspond à un éclat cinq-cents fois supérieur à celui du Soleil. Distance : trois cents années-lumière. Pas trop loin.

Voici le message in extenso publié par la presse mondiale :

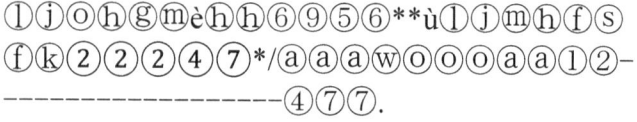

La grande nouvelle, c'est que le fameux code inventé par ma chère astrophysicienne a été utilisé par les créatures aliens pour nous contacter. Incroyable. Sensationnel. Les experts en ont un peu bavé pour traduire le délicat passage ⓗⓗ⑥⑨⑤⑥**ù①ⓙ à cause de l'emploi perturbant, dans cette partie du message, de ce qui semblait être un plus-que-parfait à la construction inhabituelle. Les auxiliaires être ou avoir à l'imparfait de l'indicatif auquel on ajoute d'ordinaire le participe passé du verbe à conjuguer semblaient, ici, non pas renvoyer à une action qui avait classiquement eu lieu précédemment – avant le moment du passé que l'on raconte – mais, pour ainsi dire, paraissaient témoigner d'un passé situé dans le… futur proche. Un passé par le fait prévu, matérialisé puis évanoui dans une sorte de collision passé-futur que l'on serait tenté de nommer, plus ou moins rationnellement, le *présent hypothétique* ou plus exactement *divinatoire*. Nous avons plongé là en plein système temporel extra-terrestre. J'en étais tout abasourdi. Grâce à certains logiciels érudits et à son ouverture d'esprit, notre conceptrice du langage intercivilisationnel a pu établir que les aliens utilisent un genre de passé *constaté* comme en langue turque, c'est ce qui s'en approcherait le plus. En turc, le point de vue est plus ou moins « intensifié » lorsqu'on rapporte un fait passé. On utilise un temps différent selon que l'on aura physiquement assisté à ce fait ou si quelqu'un nous l'a rapporté. En quelque sorte, le temps passé qu'on utilise va révéler le degré de véracité (ou en tout cas de croyance que le locuteur en a) de l'événement qu'il rapporte. Pour ceux qui ont du mal à suivre (moi le premier, au début) : comme son nom l'indique, le passé constaté est utilisé pour rapporter un fait dont on a été le témoin oculaire, dont on ne remet pas en cause l'existence. On a vu quelque chose de ses yeux vus de chez vu pur vu. Dans l'extrait ⓗⓗ⑥⑨⑤⑥**ù①ⓙ, on remarque cette façon de raconter les choses. Les aliens ont donc l'air d'annoncer qu'un temps viendra *où l'on aura vu des dragons coloniser la terre*. Des dragons…

Et que l'époque qui suivra sera celle où le passé ne pourra qu'être considéré comme une forme de présent car il évoquera des impressions, sentiments et visions déjà survenus mais indépassables dans l'instant suivant (le présent) tant ils choqueront les humains. Comme un arrêt sur image. Relire trois ou quatre fois et lentement la phrase qui précède si besoin. Charabia, j'ai pensé. C'est quoi ce bla bla ? ⓞⓞⓐⓐ① ! a-t-elle répondu en riant. Les dragons <u>existent</u> d'après les aliens… Rien de compliqué : nous sommes à l'aube d'une ère nouvelle où la *dracologie* va prendre toute sa place. J'ai entendu dire que le terme de *dracologie* est un néologisme vieux d'un tout petit siècle, issu du mot en français « dragon », lui-même provenant du grec ancien δράκων/*drákôn*, lequel mot est lié au verbe *derkomai* qui signifie *regarder, comprendre un secret* (avec pour sens premier le mot *brillant*).

Et ce sont les aliens qui nous apportent cette révélation ? j'ai songé. Oui, c'est ça, elle a dit, **les dragons <u>existent</u>**, j'en étais certaine et la preuve va se matérialiser devant nous. Nouveau monde. Mais pourquoi ce participe présent ⓗⓗ⑥ ? J'ai voulu savoir. Je l'ai entendue affirmer sur Zoom à des universitaires russes que d'habitude le participe présent fonctionne comme un adverbe invariable sauf s'il est employé comme un adjectif, dans lequel cas il s'accorde en genre et en nombre avec son sujet. Mais pas là, du fait que les temps des verbes se marquent par des suffixes de genre neutralisé à cause d'une histoire de dix-neuf classes nominales dont, notamment, une pour les êtres humains, une pour les désignations d'objets célestes lumineux, une pour les noms d'individus et une pour les dragons. C'est la langue alien qui veut ça. Donc ①ⓙⓞⓗⓖⓜèⓗⓗ⑥⑨⑤⑥**ù emploie le présent divinatoire du fait que les ⓗ⑥⑨ se dédoublent en déclinaison partielle pluriforme du genre ①//55ⓙⓞ**ⓗ où ①//99ⓙⓞ**ⓗ doit être accordé avec un surprenant féminin pluriel. Ah c'est vrai ok, j'ai pensé et je suis allé me coucher, à moitié assommé par ces élucubrations de linguistes, me demandant bien où on allait avec cette prise de tête.

J'apercevais un mystérieux ciel incompréhensible derrière la fenêtre, une petite pluie silencieuse lavait l'air noir. Vers minuit, la voyant si concentrée sur son ordinateur, j'ai attiré son attention comme j'ai pu en faisant ma petite mimique habituelle signifiant : ne te couche pas trop tard ma jolie.

Ne te couche pas trop tard ma jolie.

Durant les trois semaines suivantes, rien à signaler. Vie presque normale si ce n'est qu'elle correspondait à n'importe quelle heure avec de jeunes savants de Seattle, Kyoto, Londres, Bucarest, Dakar, Lausanne et Auckland (j'ai appris que c'était en Nouvelle-Zélande, Auckland). Mais balades habituelles dans les bois et au parcours de santé, notre heureuse et paisible vie ensemble. Cet amour rassurant entre nous, comme d'habitude.

Puis – c'était le lundi de la Pentecôte, je m'en souviendrai toujours – après un week-end aux orages ultra violents sur presque toute la planète, une flotte prodigieuse de vaisseaux extra-terrestres est apparue dans nos cieux redevenus soudain uniformément bleus. Gros comme cent tour Eiffel, les énormes appareils glissaient silencieusement dans l'air doux. C'était beau et si inquiétant. Des avions de chasse russes, américains et chinois escortaient nos *visiteurs* et semblaient de bien minuscules et fragiles machines terriennes. Simultanément émerveillés et pétrifiés, les gens voyaient des dragons par milliers tournoyer autour des gigantesques nefs étrangères. Des dragons. Ces animaux volants à l'haleine de feu étaient de taille variable, du chasseur de combat à l'avion de ligne.

Vision impensable. Je ne sais même pas comment le relater mais c'est arrivé. Des *vrais*… dragons.

La suite a été proche de toutes les suites sans surprise. Un chaos et, à la fois, quelque chose d'heureux. Pour se résumer : les aliens ne nous étaient pas hostiles. Ils ne faisaient que passer. Ils sont restés quatre petites années pour nous rencontrer. Partages, découvertes mutuelles, échanges de technologies et de systèmes philosophiques. L'humanité a fait un bond de géant dans la préservation écologique de la planète. J'étais heureux pour les forêts. Puis ce peuple nomade originaire des systèmes de l'étoile double Alpha Draconis (NSV 06546), *la vieille terre rouge suspendue des dragons* comme on dit maintenant, est reparti, reprenant son interminable exploration des univers *jusqu'aux bords des mondes*. Durant les quatre années de la présence alien, j'ai bien moins vu celle avec laquelle j'avais passé antérieurement tout mon temps. Spécialiste de la complexe langue alien, honorifiquement nommée ①//55ⓙⓞ**ⓗ44L par nos visiteurs de l'espace (ce qui signifie, si j'ai bien compris, quelque chose comme *Toute Petite Fille des dragons*, c'est ce que j'ai entendu dire), elle est régulièrement partie en ambassade puis en mission sur leurs gigantesques vaisseaux. Elle a pu étudier de près ses chers dragons et, diplômée de l'université médicale et vétérinaire Fudan (复旦大学) de Shanghai, elle est devenue officiellement dracologue. Son rêve.

L'une des meilleures dracologues. Je n'ai pas été invité à vivre cette longue période exaltante à ses côtés. J'ai patienté. Et patienté encore et encore.

On se voyait périodiquement, pour les fêtes, un peu durant ses rares vacances. J'ai pensé qu'elle m'avait un peu oublié, que notre relation ne comptait pas autant que je me l'étais imaginé. J'ai su qu'on se fait des idées sur l'amour. Qu'on croit. Qu'on veut croire. En moins de temps qu'il n'en faut pour le dire, le premier dragon venu avait eu dix mille fois plus d'importance que ma toute petite personne. Dans ces cas-là, lutter est vain. Pas le poids. C'est que je ne sais pas cracher du feu. Anéantissement.

Obliger quelqu'un à nous aimer, à voir qu'on est toujours là ou à continuer à nous aimer est inutile, indigne, ridicule et pitoyable. La ①//55ⓙⓄ**ⓗ 44L s'est éloignée de moi, je n'aurais jamais pensé une telle chose possible mais c'est arrivé. Plus tard, lorsque les êtres d'Alpha Draconis s'en sont allés vers les confins, elle est partie avec eux. Exil. Une délégation de trois mille humains a quitté la terre pour les accompagner. C'est à peine si elle m'a dit adieu. Je n'étais pas convaincu qu'elle pourrait encore un jour s'assoir dans un joli endroit, « étudier » la carte et écarquiller les yeux de plaisir lorsque les assiettes arriveraient. Ni que des forêts calmes l'accueilleraient dans leur beauté émeraude sans histoire, pour de longues promenades revigorantes. Elle avait tellement changé, elle était devenue une autre. J'ai alors vécu la clarté trompeuse des jours, dans la répétition insipide des actes et des attitudes. Rien à dire, rien à faire, rien à voir. Bien vite, exister ne m'a pas suffi. Ce silence. Elle ne reviendrait jamais, c'était certain. Dans des odeurs soufrées de fumées dragoneuses, elle naviguerait pour toujours vers les hautes lumières mystérieuses du cœur de la nébuleuse de la Lagune (localisation : ascension droite α 18h 03m 41,26s / déclinaison δ -24° 22′ 48,6″), territoire d'une intense activité cosmique, dans l'explosion des effrayants nuages de poussière rougeoyante de jeunes étoiles brûlantes. La flotte alien voguait vers cette énigmatique région du ciel. Et emportait celle que j'avais tant aimée. Comme je m'ennuyais, j'ai décidé de mourir. La mort. On l'écrit ①//. Il ne m'a pas fallu longtemps, c'est bien facile. Dédain pour ma gamelle et pour la promenade. Qu'à se laisser aller. Qu'à fermer les yeux. Là-haut, rien ne s'éteindrait jamais, les milliards de soleils du grand vide noir brilleraient à perpétuité. Ici-bas, le monde avait pourtant été beau. Avec un peu de bonne volonté et une bonne dose de chance, on aurait pu être heureux. Un soir, je suis mort et le surlendemain elle a envoyé un message satellite pour dire de moi que j'avais été un bon chien.

(*Toute petite fille des dragons*, 2005. Nouvelle publiée in *Douleur fantôme*, Hispaniola Littératures/BoD, 2021 ; première version in *Boxer dans le vide*, Souffle court, 2017).

Avec le soutien de Rose Evans, Olivier Millet (*Hispaniola Littératures*) / Anastasia Tourgeniev, Ludmilla de Monfreid et Zoé Agbodrafo (*Totemik CrowFox*) / Laurent Battistini, Piotr Bish et Aksana Oulitskaïa (*Neness Danger*) / *BoD*. Merci à Morgane, dompteuse de dragons. **Toute petite sœur des dragons** / Éditrice : Rose Evans / Illustrations de couverture : Morgane Aubielle / Correctrice : Babeth Huard / Maquette et mise en pages : Zoé Agbodrafo / Dépôt légal mai 2021 / ISBN 9782322174065 / Imprimé en Allemagne / www bod.fr / www. aubert2molay.vpweb.fr / © Ph.A2M, 2021 © Hispaniola Littératures, 2021.

du même auteur chez Hispaniola Littératures, disponible en librairie et sur le site BoD

Collection L'Inimaginée
(Littérature de l'imaginaire)
-PETIT TRAITE DE SORCELLERIE ET D'ECOLOGIE RADICALE DE COMBAT
-DOULEUR FANTÔME

Collection L'imaginable
(Littérature blanche)
-SAPIN PRESIDENT

Collection 1 nouvelle
-TOUTE PETITE FILLE DES DRAGONS
-SUPERETTE
-LA HAUTEUR
-LA MORT DE GREG NEWMAN
- DIX ANS AVANT LA NUIT
-TECHNIQUES DE VOL HUMAIN DANS LE CIEL NOCTURNE
-SELON LA LEGENDE

www. aubert2molay.vpweb.fr

Collection 1 nouvelle